Puedes consultar nuestro catálogo en www.picarona.net

¡No tengo tiempo!
Texto: *Helena Kraljič*
Ilustraciones: *Maja Lubi*

1.ª edición: junio de 2017

Título original: *Nimam časa*

Traducción: *Lorenzo Fasanini*
Maquetación: *Isabel Estrada*
Corrección: *M.ª Ángeles Olivera*

© 2015, Morfem Pub. House, Eslovenia
(Reservados todos los derechos)

© 2017, Ediciones Obelisco, S. L.
www.edicionesobelisco.com
(Reservados los derechos para la lengua española)

Edita: Picarona, sello infantil de Ediciones Obelisco, S. L.
Collita, 23-25. Pol. Ind. Molí de la Bastida
08191 Rubí - Barcelona - España
Tel. 93 309 85 25 - Fax 93 309 85 23
E-mail: picarona@picarona.net

ISBN: 978-84-9145-080-1
Depósito Legal: B-10.683-2017

Printed in Spain

Impreso en España por ANMAN, Gràfiques del Vallès, S. L.
C/ Llobateres, 16-18, Tallers 7 - Nau 10. Polígon Industrial Santiga.
08210 - Barberà del Vallès (Barcelona)

Texto: Helena Kraljič

¡NO TENGO TIEMPO!

Ilustraciones: Maja Lubi

El otoño había llegado a su fin.

En el aire ya empezaba a notarse el olor a nieve. Tim, el oso, cruzaba el bosque para ir a decir a sus amigos que no se iban a ver durante un buen tiempo.

Por el camino se encontró a la ardilla Vicky, que estaba buscando algo en el suelo.

—Perdona Vicky —le dijo—. Quería comentarte que...
—Ahora no tengo tiempo.

Ni un minuto. Ni un segundo.
Ni una centésima de segundo.

Si no me doy prisa en recolectar piñas y bellotas, pasaré hambre durante todo el invierno —le contestó moviéndose tan rápido que al oso le costaba seguirla.

—¿Ni un momento para un amigo? —refunfuñó Tim para sí retomando el camino del bosque.

–Hola, Willie –le dijo al tejón, interrumpiéndolo mientras recogía unas raíces.

–Quería comentarte que...

—Hola, hola, Tim -farfulló rápido éste, corriendo en dirección opuesta- Lo siento, pero ahora **no tengo tiempo**. El invierno ya está llamando a la puerta y aún no he reunido mis provisiones.

—También Willie está muy ocupado -gruñó Tim, prosiguiendo su camino.

Poco después, se cruzó con la conejita Bonny.

—Bonny, creo que debería contarte que...

—Lo único que me interesa hoy es saber cómo podré cuidar de mis pequeños. Mañana, Tim, mañana tendré un poco más de tiempo.

Enfadado porque nadie podía dedicarle un momento, Tim regresó entonces a su guarida.

Cuando llegó, comprobó que el musgo y las ramas ocultaran bien la entrada de la cueva y se metió dentro. Se acostó sobre un suave lecho de hojas y se acurrucó cómodamente.

El enfado le desapareció enseguida.

—¡Mmmhhh qué maravilla! Dormiré muy bien todo el invierno.

Se rascó la barriga y sonrió.

Algún tiempo después, los tres amigos se dieron cuenta de que llevaban ya unos días sin tener noticias del oso y empezaron a preocuparse.

—Pobre de mí —lloraba Vicky—. Tendría que haber dedicado tiempo a Tim y escuchar lo que quería contarme.

—¡Oh, no! —dijo Willie preocupado—. Tendría que haber dedicado tiempo a Tim y escuchar lo que quería decirme.

—Vaya, vaya —se quejó Bonny—. Tendría que haber dedicado tiempo a Tim y escuchar lo que quería contarme. ¿Y si le ha pasado algo malo?

Pero no volvieron a tener noticias de él durante todo el invierno.

Llegó la primavera, el oso se despertó y, parpadeando, se desperezó, mientras el sol resplandecía en lo alto.

—Tengo **hambre** —fue lo primero que pensó. Después se adentró en el bosque.

Llevaba unos minutos andando, cuando se encontró
con la ardilla Vicky.

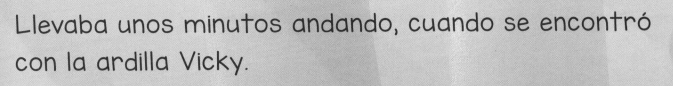

—¡Oh, Tim, qué contenta estoy de verte! -gritó
entusiasmada-. Cuéntame, ¿dónde has estado?

—Ahora no tengo tiempo.

**Ni un minuto. Ni un segundo.
Ni una centésima de segundo.**

Estoy muy, muy hambriento. Podemos quedar mañana
delante de mi guarida -le contestó Tim
apresuradamente mientras seguía su camino.

—No nos hemos visto durante todo
el invierno y no tiene ni un minuto para
una amiga -murmuró Vicky.

El hambriento Tim iba caminando con paso firme
cuando el tejón Willie le vio.

—¡Amigo mío, cómo te he echado de menos! –se alegró–.
Cuéntame, ¿dónde has estado todo este tiempo?

—Hola, hola, Willie –farfulló
    rápidamente Tim, mientras
        corría en dirección opuesta.
            Lo siento, pero **no tengo tiempo**.
Estoy muy, muy hambriento. Podemos quedar
mañana delante de mi guarida.

Willie estaba enfurecido:

—No nos hemos visto durante todo el invierno
    y lo único en lo que piensa es en comer.

Cuando entró en el bosque, la conejita Bonny lo vio y salió corriendo de su madriguera.

—¡Qué bueno volver a verte por aquí! -exclamó dando saltos alrededor de él y tirándole de la piel-. ¡Te hemos echado mucho de menos! Cuéntame, ¿dónde has estado todo este tiempo?

El oso Tim, cuya barriga se estaba quejando sonoramente, le contestó:

—Lo único que me interesa hoy es saber cómo podré contentar a mi barriga vacía. Mañana, Bonny, mañana tendré un poco más de tiempo. Podemos quedar delante de mi guarida.

Bonny se retorció los bigotes y se quejó:

—Cómo le he echado de menos... No nos hemos visto durante todo el invierno y lo único en lo que él piensa es en su barriga vacía.

Llegó el día siguiente.

Tim, que el día anterior había comido
hasta la saciedad, se levantó temprano
y esperó la llegada de sus amigos.

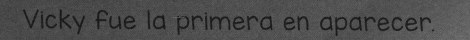

Vicky fue la primera en aparecer.

—Espero que hoy estés de buen humor —le reprochó, sentándose en una rama justo delante de su guarida.

—Espero que no sigas con hambre —musitó el tejón sin ni siquiera saludarle y sentándose junto a la ardilla.

—Yo espero que esta mañana te encuentres mejor que ayer —le riñó Bonny, todavía ofendida, dando saltos hacia sus amigos.

El oso Tim no entendía por qué todos estaban enfadados con él.

—Creía que sabíais que después de dormir cuatro meses necesitaría comida. Y que siempre que acaba el invierno me despierto muy, muy hambriento.

—¿Has estado durmiendo todo este tiempo?
-se sorprendió Vicky.

—Cuatro meses sin comer... -suspiró Willie.

—Entonces, por eso no te hemos
visto en todo el invierno -observó Bonny.

—Es lo que intenté deciros antes de retirarme a mi guarida, pero no teníais tiempo para escucharme —explicó lamentándose el oso Tim—. Desde que me desperté, sólo soy piel y huesos —añadió, acariciándose la barriga.

—¿Piel y huesos? —se rio Vicky, tocándose el hocico con la pata—. ¡Pues a mí no me lo parece!

—Oh —suspiró Bonny—. Deberíamos hablar más a menudo entre nosotros, así no nos enfadaríamos unos con otros.

Y dando saltos hacia el oso,
lo abrazó con fuerza.